铁葫芦 | 诗歌馆

扑朔如雪的翅膀

王小妮 著

中国桂冠诗丛

Wang Xiaoni

The Snow-confused Wings

浙江文艺出版社
Zhejiang Literature & Art Publishing House

目录

| 我用一片慈善的光 |

| 用最隐秘的低沉之音 |

| 从北京一直沉默到广州 |

| 我的光偶尔落地 |

| 跋 |

| 我用一片慈善的光 |

爱情

那个冷秋天呵

你的手
不能浸在冷水里
你的外衣
要夜夜由我来熨
我织也织不成的
那一件白又厚的毛衣
奇迹般地赶出来
到了非它不穿的时刻！

那个冷秋天呵

你要衣冠楚楚地做人
谈笑
我们一天天走过来
谈笑，使好人和坏人
同时不知所措
迎着眼睛

我拖着你的手
插进每一个
有良心的缝隙

我本是该生巨翅的鸟
此刻
却必须收拢翅膀
变一只巢
让那些不肯抬头的人
都看见
让他们看见
天空的沉重
让他们经历
心灵的萎缩！

那冷得动人的秋天呵
那坚毅又严酷的
我与你之爱情

1985 | 03 | 长春
选自组诗《告别》

诗人

上午，我和许多人
一起嘲笑诗，
嘲笑它如同垃圾。

唯有我的嘲笑是真的，
因为我是诗人。

我有积攒一切
白纸的嗜好，
有人说，我一定
蓄谋着什么。
不，不会。
与街上的诗人比
我已完全等同于路人。

深夜，
幡然失眠。
找到纸和笔以后，
连一个字也写不出。

一个字也写不出，
我沮丧如同败鼠。
我终于彻底地明白，
我在命中被选定
做一个诗人。

1985 | 04 | 深圳

我看不见自己的光

晴好的一个早晨。
车轮和街都开始明亮。
我的床上是太阳味了。
我发现
我没有我自己的光。

没有自己的光
也同样明亮
你关上窗帘的时候
有时能发出魅人的红色。
靠在那里
我还是看不见我自己的光。

我叫你！两岁一样
叫你叫你。
叫你叫你叫你
你该能把它指出给我。

你的微笑

成了一株发暗的枯茅草。
我摇撼你
阻止这枯笑。
我要找到
走过去很远了的
幽深如穴的神色。

很久很漫长
车也没了。
太阳也累了。
我们从早至晚
陷落在灰暗藤椅上。
忽然
你像落叶一样飘忽。
向浩大的地面
你说：
我也看不见自己的光。

1988 | 01 | 深圳

我守候着你想哭泣的时候

你的手臂
是一只发抖的冷鸽子。
我知道
水流到人体里十分必要。
太必要了
它又想流出去。

哭泣的感觉
是误闯了玫瑰花丛的感觉。
你不能掩着你的门
阻止那迷人的鸟。
黑暗里
满是扑朔如雪的翅膀。

它现在鼻子酸楚。
看见一个人沉思
它就受不了。
这世界本来是水的世界
柔软像你我的手。

眼泪摸索过来
死窗也会呀呀洞开。

哭起来才真是动人。
走到灯下面来
我帮助你
看见石头被冲刷
呈现石头父母的硬光泽。

1988 | 01 | 深圳

不要把你所想的告诉别人

人群傻鸟般雀跃
你的脸
渐渐接近了红色的帷幕。
世界被你注视得全面辉煌。
可我告诉你
辉煌
是一种最深的洞。

无数手向你舞噪时
会场是败园
在你的风里颓响飘摇。
想到我的提醒了吗?
穿透我的白纸
就能看见
你那雪原灰兔的眼睛。

不能原谅那些人
萦绕住你
盘缠住你。

他们想从你集聚的
奕奕神态里
得到活着的挽救。

不要走过去。
不要走近讲坛。
不要把你所想的告诉别人。
语言什么也不能表达。

拉紧你的手
在你的手里我说：
除了我俩
没人想听别人的话。

由我珍藏你
一起绕开光荣
无声地
走过正在冻结的人群。

但是，那是谁的声音
正从空中袭来。

1988 | 01 | 深圳

你变绿后，我就什么也不写了

今天早晨
你走到棕榈树那儿。
棕榈像海一样大片波动。
突然看见你
随风哗变成了绿色。

你变绿以后
世界一段一段枯燥。
你用无数只手扑叫我。
纸在空中应声凌乱。
我写的诗纷纷走散
乌云一样追随着乌云。

现在我感受到你
五岁小树般的
眼睛。

诗意全都苍老。
中国字已经长胡子。
写诗的人脚指头也有胡子。

而我能走向你！
路上有了太阳的影子。
是今天早上
那只新鲜的太阳。

我想
我变成一块
暖和又生满青苔的白石头。
石头安静
体验随你变绿以后的
湿润生活。

1988 | 03 | 深圳

不要帮我，让我自己乱

我的手
夜里睡鸟那样阖着。
我的手
白天也睡鸟那样阖着。
你走远又走近。
月亮在板凳上
对着你的门口微笑。
没有人知道
我站，我坐
都是一样的乱。

平凡的人跛跛路过窗口。
路上有
许多幸福鼠洞。
我看生命太繁忙。
睡鸟醒来。
树林告诉大家，树林很累。
鸟什么都看见了
鸟的方式

从来是乱语纷纷。

我的世界里
不停地碰落黑色芝麻。
没有泥土
只有活芝麻的水。
站得太近了。
世界连一天也看不见
我是一个自乱者。

让我向你以外笑。
让我喜欢你
喜欢成一个平凡的女人。
让我安详盘坐于世
独自经历
一些细微的乱的时候。

1988 | 03 | 深圳

我爱看香烟排列的形状

坐在你我的朋友中
我们神聊
并且一盒一盒地打开香烟。
我爱看香烟排列的形状。
还总想
由我亲手拆散它们。

男人们迟疑的时候
我那么轻盈。
天空和大地
搀扶着摇荡。
在烟蒂里深垂下头。
只有他们的头，才能触到
紫红色汹涌的地心。

男人们沉重的时刻
我站起来。
太阳说它看见了别的光。
用手温暖

比甲壳虫更小的甲壳虫。
娓娓走动
看见烟雾下浮动许许多多孩子。

我讨厌脆弱
可泪水有时变成红沙子。
特别在我黯淡的日子
我要
纵容和娇惯男人。

这世界能有我活着
该多么幸运。
伸出柔弱的手
我深爱，并托住
那沉重不支的痛苦。

1988 | 03 | 深圳

应该做一个制造者

有一年他们命我制作麦子。
我只有手臂成熟
脸上生芒。
又有一年他们命我制造麻绳。
有许多时间
思想缠绕乱飞。
现在，我坐在天亮前写诗。
你说我脸色不好。
得了病了。

得这病的时候
你正从国南跑到国北。
你说
你在变轻
我看见，我的病太重

全因为喜欢上
从失血时节飘来的
一把降落伞。

我的所有强劲
全变成下落。

我写世界
世界才肯垂着头显现。
我写你
你才摘下眼镜看我。
我写自己时
看见头发阴郁，应该剪了。
剪刀能制作
那才是真正了不起。

请你眯一下眼
然后别回头地远远走开。
我要写诗了
我是
我狭隘房间里
固执的制作者。

1988 | 03 | 深圳

我走不进你的梦里

靠在黑暗里注视你。
看见你落进
睡眠那只暗门。
看见你身上
沾着冬天的果子。
你的梦拉皱我的白床单。

趁你没有思想的时候
把我的手
放在你的手里。
世界又暖又怪
能有这么不同的
两件东西。

后来你讲梦
你随着一辆跑车颠覆。
见到无数绿血。
你的声音
空井一样骇人。

我要掩盖井。

双手伸出去就雾一样无力。

能在晦暗早晨

为你明媚。

可是我走不进你的梦里。

别阻止我哭。

可能这个世界

只是安排我带着水袋来注视。

城中的自鸣钟没响。

钟没响。

但是，我该飞了。

1988 | 03 | 深圳

空闲的时候解释美妙的图画

你说锁链是围巾。
围巾是巨翅。
你说
巨翅忐忑不安。

你说黑球是行星。
行星学会明亮。
你说人把脚站成木头。
人要向异处去飞。

你说话的当时
天空偏远。
瓷器向着远方发光。
鸟全身装满了自由。

地球握紧着磁力。
电线封锁着流水。
只有我用一片慈善的光
倾听着你。

黄昏使你渐渐变淡。

画面消失时有人颤抖

我们终于

不再说话

转身回到窗帘背后。

1988 | 04 | 03 | 深圳

你站在那个冷地方

雪下得很大。
两千公里外你的雪很大。

我听门
把门听成了风。
我听风
又把风听成了你。
伸出两只手
推翻站着的全部事物。
真想你突然
灿烂地撞到我身上。

等待最后等到发黑。
我要收回我全部的金质听力。
想到太阳聪明
没有耳朵
并且落山后也是独自一人。

我坐下来

世界又是一大瓶透明的净水。
平静起来
像一些碎纸上下自由。
飞的效果
使我重新接近辉煌。

现在，我能看见了
你站在那个冷地方。
膝盖以下
我摸到了四季的雪。
寒冷把你包藏在其中。
我想那一定
充满了白的严肃。

我会永恒地具有热的你。
我们不说话的时候
天空一片婴儿似的蓝色。

1988 | 04 | 深圳

半个我正在疼痛

有一只漂亮的小虫
情愿蛀我的牙。

世界
它的右侧骤然动人。
身体原来
只是一栋烂房子。

半个我里蹦跳出黑火。
半个我装满了药水声。

你伸出双手
一只抓到我
另一只抓到不透明的空气。
疼痛也是生命。
我们永远按不住它。

坐着再站着
让风这边那边地吹。

疼痛闪烁的时候

才发现这世界并不平凡。

我们不健康

但是

还想走来走去。

用不疼的半边

迷恋你。

用左手替你推动着门。

世界的右部

灿烂明亮。

疼痛的长发

飘散成丛林。

那也是我

那是另外一个好女人。

1988 | 05 | 深圳

注视伤口到极大

我信上说手指流血。
写信是件潮湿猥琐的事。

创伤早晨走来。
红翅膀扇动墙壁。
伤口明亮
我眼前出现一只拱门。

只有我还柔软。
你走以后
世界的质地突然生硬。
睡在床上
也会割伤手指。
为你幽闭的血管
顿时欢畅
像打开了黑色音箱。

用眼睛与伤口谈话
花朵越开越大

我告诉你
我要携带生长着的伤口
优美地上街。

鲜艳地穿越红灯。
红色不怕红色
前前后后
看见完整，也算一种刺激。
没受伤的路人缩在
狭小的衣袋里。
严密又温暖
无伤，使他们无聊
得得得得，不断向外渴望。

1988 | 06 | 深圳

许许多多的梨子

植物的声音
在桌上光滑地演奏。
像婴儿，站在
燃烧的鲜红草坪上
它苍白至死。
我第一次听到植物的呼救。

在我家甜橙似的灯罩下
一双人的手灵巧透明
一把敏锐的刀
游动而来。
你不能这样削响梨子！

果实悬吊在树上
随风自由。
你优雅地转动着刀
优雅地伤害。
刀影巨形地走过
在我身边突然

游动出了活的强暴。

我贴近看我的双手。
观察我日夜喜爱的别的双手。
只只充满杀气。

但是有许许多多的梨子。
树轻易地
哺育又摇落它们。
许许多多梨子的地球
人们见了就叫渴。

1988 | 06 | 深圳

皮肤中浮现了红色

晴朗的窗前
我们熟苹果那样
出现了一层好看的光。
我知道
它像蛭。
要钻进我
身体完美的内部。

面对别的脸时
我只能随它们笑。
从这人到那人
涌来涌去的光
使我再也不想触摸人。

我盯着我的皮肤。
看它们慢慢
又浮出鲜艳的颜色。
无论冒充苹果。
冒充灯。

冒充女人。

我都在胃以上
紧紧地恐惧。

露在外面
很危险。
衬衣空挂着
我是一个被迫反光者。

白天，在城市闪光的木鞋上
我成为
众目睽睽的大脚趾。
脚趾在心里盼望
那种朦胧如黏漆的日子。

1988 | 08 | 深圳

不认识的就不想再认识了

到今天还不认识的人
就远远地敬着他。
三十年中
我的朋友和敌人都足够了。

行人一缕缕地经过
揣着简单明白的感情。
向东向西
他们都是无辜。
我要留出我的今后。
以我的方式
专心地去爱他们。

谁也不注视我。
行人不会看一眼我的表情
望着四面八方。
他们生来
就不是单独的一个

注定向东向西地走。

一个人掏出自己的心
扔进人群
实在太真实太幼稚。

从今以后
崇高的容器都空着。
比如我
比如我荡来荡去的
后一半生命。

1988 | 08 | 深圳

用最隐秘的低沉之音

清晨

那些整夜
蜷曲在旧草席上的人们
凭借什么悟性
睁开了两只泥沼一样的眼睛。

睡的味儿还缩在屋角。
靠哪个部件的力气
他们直立起来
准确无误地
拿到了食物和水。

需要多么大的智慧
他们在昨天的裤子里
取出与他有关的一串钥匙。
需要什么样的连贯力
他们上路出门
每一个交叉路口
都不能使他们迷失。

我坐在理性的清晨。
我看见在我以外
是人的河水。
没有一个人向我问路
虽然我从没遇到
大过拇指甲的智慧。

金属的质地显然太软。
是什么念头支撑了他们
头也不回地
走进太阳那伤人的灰尘。

灾害和幸运
都悬在那最细的线上。
太阳，像胆囊
升起来了。

1993 | 04 | 深圳

等巴士的人们

早晨的太阳
照到了巴士站。
有的人被涂上光彩。

他们突然和颜悦色。
那是多么好的一群人呵。

光
降临在
等巴士的人群中。
毫不留情地
把他们一分为二。
我猜想
在好人背后
黯然失色的就是坏人。

巴士很久很久不来。
灿烂的太阳不能久等。
好人和坏人

正一寸一寸地转换。
光芒临身的人正在糜烂变质。
刚刚委琐无光的地方
明媚起来了。

神
你的光这样游移不定。
你这可怜的
站在中天的盲人。
你看见的善也是恶
恶也是善。

1993 | 04 | 深圳

脆弱来得这么快

从来没有见过
你能有这种不可收拾的神情。

难道
所有透明的瓷器都破了
瓶颈正裂成碎片。
你为什么怀着巨大的声响
动也不动
全身的玻璃渣儿
正要落下来。

门像鬼
一下子就开了。
你停在鬼空出来的地方。
带回了大雪崩
一样滑动的白光。
外面的针一定刺遍了你的背
神情停在闪电的尖端。
满脚的雪

使你只能站在碎银沫里。

全世界现在亮得刺眼。
冷得刺眼。
天空突然不流动。

在这没知觉的时刻
只有你是肉体
所以你全身都被伤害。
你是那么无望的一坨。
你的眼睛里是鼻子。
鼻子里是嘴。
嘴里是你想对我说的全部。

没有声音
你僵在那里
求你不要说，不要说
碎玻璃的外壳不要落地。

你的神情吓坏了我
我真的不知道

你也会脆弱！

你的脆弱来得这么快。

1993 | 04 | 深圳

最软的季节

在五月里
我看得最远。
记忆像新虫
鼓动着向南的山坡。
我知道
最软的季节快要到了。

在五月里
我当然能看见你。
你又化妆成最细的游丝
凄婉地攀上
两千公里外我的围墙。

我决定
把我整个的一生都忘掉。
我将与你无关。

我的水
既不结冰也不温暖。

谁也不能打动我
哪怕是五月。
我今天的坚硬
超过了任何带壳的种子。

春天跟指甲那么短。
而我再也不用做你的树
一季一季去演出。
现在
我自己拿着自己的根。
自己踩着自己的枯枝败叶。

1993 | 05 | 深圳

故乡

你没有河。
没有一条活着的河。
张开的河道里也没有水。
没有心肠绵细的手臂。
你没有怀抱。

我看见了
古老的感情之藤伸来。
我看见
在你我之上
先人们站起来
拿着比中午还要热的眼泪。
但是
收回你干涸的手。
什么也不能怂恿我
踏上茫茫的回家之路。

冷的时间
比蟒蛇还要长。

蟒蛇紧咬着蟒蛇。

生下我的楼房又飘舞起白光。

你像一个热情的人

踮起脚眺望我。

但是

你还是没有怀抱。

我不忍心再开口说什么。

伤口比哭还要深。

写下来就已经浑身悲凉。

1993 | 05 | 深圳

原题《回家》

我的朋友没了

消息传到我这儿
天正在翅膀以下变黑。
拿走了我的光的人
紧接着拿走了我的朋友。

是什么人拿走了她!
那种拿走
是强人取卵的拿走。
是孤光对眼神的拿走。
什么人能想象没血的恶行?

墨鱼贴着我的窗走过
我试到全黑的晚雾。
天空从最凹处
睁着无水的眼睛。

我看见苦难在跳舞。
一个喜爱陶瓷盘的人
掉进没有之中。

她在跳舞
谁能想到我穿黑裙的朋友
变成灰白的粉末
她在小盒子里起伏
对四壁吹出白色轻风。

消息没有重量地散失
我再不能看见空间。
光被剪成最短的线头
我的朋友
以优美白线的方式
在我的黑里
刺一样游。
她不再是人了。
无数云彩伸出鹤的长颈。
我看见世上交叉着不定
那些细白的变体是谁?

是一盘骗局
有人让她隐形。
超人的优美
使我看不见凶手。

这将是永远的不可见。

摸着

移动的薄木屏风

我空空看着消息来去

日月白黑

我的朋友，她

那么轻地就没有了！

1994 | 10 | 深圳

一块布的背叛

我没有想到
把玻璃擦净以后
全世界立刻渗透进来。
最后的遮挡跟着水走了
连树叶也为今后的窥视
纹浓了眉线。

我完全没有想到
只是两个小时和一块布
劳动，居然也能犯下大错。

什么东西都精通背叛。
这最古老的手艺
轻易地通过了一块柔软的脏布。
现在我被困在它的暴露之中。

别人最大的自由
是看的自由。
在这个复杂又明媚的春天

立体主义走下画布。
每一个人都获得了剖开障碍的神力
我的日子正被一层层看穿。

躲在家的最深处
却袒露在四壁以外的人
我只是裸露无遗的物体。
一张横竖交错的桃木椅子
我藏在木条之内
心思走动。
世上应该突然大降尘土
我宁愿退回到
那桃木的种子之核。

只有人才要隐秘
除了人
现在我什么都想冒充。

1994 | 10 | 深圳

白纸的内部

阳光走在家以外
家里只有我
一个心平气坦的闲人。

一日三餐
理着温顺的菜心
我的手
漂浮在半透明的白瓷盆里。
在我的气息悠远之际
白色的米
被煮成了白色的饭。

纱门像风中直立的书童
望着我睡过忽明忽暗的下午。
我的信箱里
只有蝙蝠的绒毛们。
人在家里
什么也不等待。

房子的四周
是危险转弯的管道。
分别注入了水和电流
它们把我亲密无间地围绕。
随手扭动一只开关
我的前后
扑动起恰到好处的
火和水。

日和月都在天上
这是一串显不出痕迹的日子。
在酱色的农民身后
我低俯着拍一只长圆西瓜
背上微黄
那是我以外弧形的落日。

不为了什么
只是活着。
像随手打开一缕自来水。
米饭的香气走在家里
只有我试到了
那香里面的险峻不定。

有哪一把刀

正划开这世界的表层。

一呼一吸地活着

在我的纸里

永远包藏着我的火。

1995 | 01 | 深圳

重新做一个诗人

在一个世纪最短的末尾
大地弹跳着
人类忙得像树间的猴子。

而我的两只手
闲置在中国的空中。
桌面和风
都是质地纯白的好纸。
我让我的意义
只发生在我的家里。

淘洗白米的时候
米浆像奶滴在我的纸上。
瓜类为新生出手指
而惊叫。
窗外，阳光带着刀伤
天堂走满冷雪。

每天从早到晚

紧闭家门。
把太阳悬在我需要的角度
有人说，这城里
住了一个不工作的人。

关紧四壁
世界在两小片玻璃之间自燃。
沉默的蝴蝶四处翻飞
万物在不知不觉中泄露。
我预知四周最微小的风吹草动
不用眼睛。
不用手。
不用耳朵。

每天只写几个字
像刀
划开橘子细密喷涌的汁水。
让一层层蓝光
进入从未描述的世界。
没人看见我
一缕缕细密如丝的光。

我在这城里

无声地做着一个诗人

1995 | 06 | 深圳

台风正在登陆

救生员
不要阻止我
我要到海扬起来的身前去。
我要用手
碰一碰那全身暴跳的水。

我绝对认识它
哪怕它突然生满了
液体的翅膀。
我认识那想飞的愿望中
每一根水的羽毛。

海脱落了无数牙齿
把生命像橡皮一样擦掉。
最悲伤的人中
一定有我的朋友。
但它绝不会吞没我
让我去碰一碰那电一样的水。

翻卷着的水
张开没有防范的心
最苦涩的惊奇组成深渊。
纯蓝变成白
变成黑。
那深渊之底
正从头顶上发出油亮的鼓声。

我高举着善意
其实我
只是举着自己的手。
一双摸盐洗菜的平凡之手
也暗藏了号角。
和水讲话，要走到最近
连平安也不能
阻止我。

我是唯一
不会被这激烈液体
伤害的人。
它正要上岸来
触摸我写出无数蓝字的手。

让法律条文退后
这世界将取消救生员。

天和地
同时打开一面镜子。
我只是去会见另一个
抖动着的我。
我能知道平静在几点钟到来
只要我碰一碰那水。

1995

我没有说我要醒来

被睡眠的壳挤出来
眼睛来不及分辨方向。
那些在八点钟准时出游的鱼们
吵闹的泡沫
钻进我黑色的玻璃。

为什么没有严惩声音的法律?
我没有说
我要在这个时候醒来。

我看见
我有了鳞一样致密的裂纹。
幻觉像云彩的绢衣突然飘散。
太阳正切开我的中轴线
我被迫
一分为二地站起来。

这是多么让人惊讶的早晨
我同时看见两个我。
窗外的鱼们都是柔软的一体

连衣襟都用扣子相连。
但是
我是刚被剖开的流水的石榴。

为什么没有人怀疑早晨?
为什么没有人发现
光芒正是我们的牢狱?
太阳迫使我们
一层层现出人的颜色。
我并没有说
我要在其他人类喧哗的同时
变化成人。

他们瞪着眼说最明亮的是太阳
他们只想美化外星球。
我看见太大的光
正是我被拿走的自由。

手臂被燃烧成白光
我变成这嘈杂早晨的一个部分。

1996 | 06 | 深圳

和爸爸说话（组诗）

1 | 这一天

爸爸！你早已经对我描述过
怎么样“庆贺”这一天。

你早跟紧了我，让我答应。
你让我承认那是一个好日子
必须鼓盆而歌。
你想让我看着你，
推动两只轮子的车
直接骑进深密的古老神话。
可是，这么快，我就见到了
你连手都举不动的晚上
车铃在另一个世界里催响。

到了这一天
我的眼睛里全是白的。
我的两只手轻得不见了。
力量浑身发抖

像暴动过后的石头粉末。
记忆的暗房从支柱中间裂开
泄出来的只是简单的生理盐水。

我在水轮子的转动里看见
是你自己学着庄子虚幻的仪态
悠悠地远去。
是你自己优美地鼓动起
一身瘦到了最后的黄云彩。

爸爸，我还看不出
消失在哪一步才算美丽。
不能有歌唱
从含满高纯度铅矿的嘴里发生。
瓦盆全都飘升到半空
天上挂满了泥灰色的月亮。

爸爸，只有这一次
我超越不了最平凡的人。
只有这一次，我幼稚地违背了你。

2 | 是你赢了

用最隐秘的低沉之音。
用越变越古典的笑。
你无数次向我形容那个地方
将会比躲在安静的书店里
遇上遍地新书还要好。

你不明白
为什么所有人
都拒绝听到你的感觉。
节日的上空飞满破灭的气球。

你轻轻地拉着我的头发请求。
你在睡沉了以后
还揉搓着它们。
好像世界上值得信任的
只有这些傻头发。
好像它们恍惚地还可能帮你。

你请求过了每一个人。
请求过药瓶。
请求过每一幅窄布。
这个软弱到发黑的世界
能举起多么大的理由
让你在飘满落叶的泥潭里坚持?
我低垂着
被清水一万次冲淡了的手
这水来自永动的河流。
有什么办法
能托举着你的幻想
送你走上那个
再不能回头的台阶?

你是一个执意出门的人。
哪怕全人类
都化妆成白鸽围绕在床前
也不能留住一个想要离开的人。
谁能帮你
接过疼痛这件礼品
谁能替你卸下那些冰凉的管子?

我用你给了我的眼睛
看着你
一个人在头脑里苦苦作战。
在不能移动的床上
你一层层
无助地接近你的美好。

爸爸，最后
是你赢了。

3 | 到最后

我才明白什么是爸爸

像一个长久禁食以后柔如竹叶的佛教徒
你见到我，就双手合十。
你说，我的姑娘今天早晨好。
你的高兴，超过了一切人
脸上的高兴。

两只手不能闲住

我经受不住在一分钟的沉默。
有什么方法能够阻止
心里正生长出浸满药水的白树?
病床下面虚设的
是一双多么合脚的布鞋。
而你，在见到我的每一个早晨
都拿出大平原一样的轻松。
你把阴沉了六十年的水泥医院
把它所有的楼层都逗笑了。

太阳每天来到病房正中
在半闭着的窗帘后面
刺透出它光芒的方尖碑。
我认识你有多久了?
和我认识天空上的光明一样长。

四十年中
太阳走来走去，你却永远在。
你一直想
做离我最近的真理。

可是，到了最后的一刻

你翻掉了棋盘，彻底背叛了。
把两只饿乌鸦一样的真理放掉
你成了我真正的爸爸。
像那些时候，你拉着我
手里只拿着自己的手。
我们自己早已经是真理了。

什么样的大河之水
能同时向左，又向右？
你的眼泪，我第一次看见了。
你说，别把头发剪短
你要随时能够拉住我
说出你一生都不能说的话。

双手合十，又分开
像落在地板上而分裂的
道义剪刀。
像交叉失血的白色碎纸机。
八月
佛陀催着满天的淡云彩
为你下起白莲瓣一样的大雪。

时间，扯出了多么远。
我们各自站在两端。
过了多久以后的这个早晨
我才明白，什么是爸爸。

4 | 谁拿走了你的血

你孩子般的大眼睛后退着
望着旋风一样走进来的医生。
你突然支撑成囚牢里
暴怒的白色勇士。
你要站起来捍卫你的血。

爸爸，你的血早在流。
在尘土那样小心翼翼的一生中
红蚂蚁成群结队爬过。
你的血液被和平又悄然地取走
清凉的风一季又一季
收回了红叶。
拿走了你的血的人
连愧怯都没有

连半截影子都没有。

宽恕那质地不坏的梨木办公桌。
你终生的坐骑
藏进地下室，挂满了灰尘的椅子。
它一生都在收集着你
还是不能退回去
做一棵开满梨花的树。

从前，我轻飘飘地对你说
我不想被钉到一张桌子后面
我以为，推开了最后的门
四面八方都变成了我的原野。
脱落的花立刻褪掉了颜色
我不过和你一样
是又一个失血者。

拿走了我们血的
不可能拿走我心里的结石。
我们一起扬着脸
看见天色多么自然地变白。
大地正紧紧含住眼泪

不让它流出来。

爸爸！
今天我把你最喜欢的
三只西红柿和一团白棉糖
摆放到风霜经过的窗台上。
像等待一只翠鸟到来
我要把你的血一点点收集。

5 | 因为是我说的

我怎么也不能了解
厌倦的最后之味，爸爸。
你看都不看这土地上的出产
食物像石头群一样不可亲近吗？

蹬着两只轮子的车
会见过起伏无数的土地。
今天，你拒绝它污浊的果实
你已经不再喜欢。
用干燥的嘴唇给我讲解天堂。

你用洁净的声音拒绝
比童声唱诗班的高音还好听。

后来
我突然听见你答应了。
你仰起头，拿出极大的信义吃饭。
从始至终你都望着我
因为那是我说的。

我看见了血脉的权威。

你高高地走在我前面。
你说要快
我迎着北方的风变成了跑。
那时候
全因为是你说的。
我是怎么样追赶步伐奇大的你
一点也不回头的你。
我们走进不好理解的世界。

现在，我愿意代替你
吃下整座冒着热气的山坡。

让我身上生长出
你喜欢的每一种年纪轻轻的菜。
可是，你已经不喜欢了。

你在我之后
成为孩子。
你笑着吃掉了没有味道的苹果。
难道就因为是我说的？

土地，它不停地为谁而出产？
繁殖像土壤一样发暗。
果菜们从哪里得到了兴致
它们早没了活着的资格。
我不怕任何人的责难
这话是我说的！

6 | 把火留在身上

你走了以后，天开始变黑
是火苗长久地留在了我的身上。

火焰，飞起飞落
我却从来不能点燃
自己最薄的衣裳。
爸爸，我知道这火焰寒冷的用意。
它想从里面
单独燃烧一个人。

现在，你离我万里。
我用皮鞭抽打着光芒
也不能追上你。

头发里流着秋天的枯水
我的身体里装满了牛黄。
全中国的牧场们开满了干旱之花
我开始喜欢
这散发出苦味的火

爸爸，你不用回来疼爱我。
不要把这火苗从我身上拿走。
我喜欢在火里看书
看见你随手划亮
一根幽默的火柴。

你发出最细小的声音
我都随时会沉下手去倾听。
火在神秘时蔓延。

不断地喝水写字
用我自己的方法日夜养着
这温度。

你给了我的
我就会千方百计地留住它。
有一天，我会在夜里烧到透明
藏在没人睁开眼睛的黑里面
跟着你出门。
像你用车推着棉花球儿一样的我
在秋天的节日里去看
由火变化成的美丽烟花。

爸爸，我要把这火留在身上。

7 | 我不再害怕任何事情了

我背对着太阳而去。
在我飞着离开以后
最后的光把你均匀地推走。
我们同一天离开病区
一个向南，一个向西。

有一只手在眼前不断重复
白色的云彩慢慢铺展
天空从上边取走了你。

我曾经日夜守在你的床边
以为在棉花下面微弱起伏的
才是我的爸爸。
走到大楼外面去伤心
我不愿意看见
你连那一层薄棉花也不能承受。

我是诗人吗

我的想象力节节失败。
你正是大气流走之中的云彩
河从深谷里
逆行着上了山
山的尖顶开始模糊飘舞。

我的心里满着。
没有人能到我这儿
铺开一张空床单
从今天开始
我已经不怕天下所有的好事情

最不可怕的是坏事情
爸爸，你在最高
最干净的地方看着

爸爸，我试到了日落的速度
正是你给我讲解
柳树上落下两只黄鹂的速度
我试出了我的前面还有多么远

我这朵棉花

有时候飞着，有时候静止
在一片草地，看见秋风平和
你卷着一本旧书
在并不远的地方坐下来了

我鼓励一九九六年的秋天
强劲地分割十字路口
再没有人能走近去侵扰你

1996 | 10 —1997 | 10

卸在路边的石头

我看见
他们把车斗里的石头升举起来。
我的手里是不是拿了什么?
惊奇使我把自己都忘了。
他们把一车车高高的石头
卸出了弹奏钢琴的声音。

全部都是沉厚的低音
像精灵撞碎了天堂的门柱
那乐声不可能等待在石头里
石头离开山就死了
是死和死
摩擦而顿生了悦音吗?

风使过路的人都看见了
那是些只穿着宽幅裤子的凡人
他们抬起油亮的手臂
卸下了一车音乐一样的石头

经过了悲伤的石头低俯着
吸着工人嘴里残剩的香烟味
我不可能倒退回刚才的场面
没有人能指出
谁是那一时激动的琴键

过去了的
就像不存在一样
我早该不为这种小事而吃惊。

1997 | 夏

飞是不允许的

我已经一次又一次地试过
天空从来不欢迎人

我贴近它的时候
它脸色骤变
紧张得像伤口上
涂抹了大量的龙胆紫

连诗人都已经放低了
哗哗翻响过的心
因为飞是最不被允许的

转动身体的空间渐渐稀少
我看见西半球的上空
两只钢铁的鸟架在下坠中燃烧
就像我在夜里
撞在我的穿衣镜上
我的眼睛里
溅起了毁坏的光斑

又有飞机穿过头顶
我钦佩那些
把生命当作火柴杆的人
多么危急的洪水猛兽逼着他们
上了天

我们的自由
只装在不堪一击里
让头脑出走
就已经幅员无边。

1997 | 夏

抱大白菜的人仰倒了

飞机倾斜着接近傍晚的田地。
我在低空中
看见遍地大白菜
向我翻开了
鲜嫩青脆的心。
抱白菜的人全都向后仰倒了
托着他们的
是一片半透明的薄金。

到冬天的西北去
抱一棵白菜
立刻就能飞了。
田里的人
怀抱着洁白多层的卷云
他们飞得多么安详。
天空旋转
保佑着胸前生长蔬菜的人们。

我要在飞机落地之前

抱住地平线上穿着冰壳的大白菜
靠寒冷彻骨的力量
穿越干裂如唇的高原。

1999 | 12

从北京一直沉默到广州

一个少年遮蔽了整个京城

荒诞啊
突然在一个九月的早晨
北京成了巨大的不可知。
八百年的古城
为我一个人重筑护城的高墙。

我送出门的是个单纯少年
千层万层藏好了能到达北京的票。
光芒随后披云戴月跟了过去
我变成了我
答案变回了谜题
容易统统变化出了难。
它曾经宽直的街道
再三折叠成为弯曲不明的胡同。

北京城因为他
而滴水不泄
成了一件高不可取的新神器。
所有的故事都蒙上天鹅绒

这是我们母子之间
博大精深的魔术。
我总是那个猜谜的人。

吃半碟土豆已经饱了。
送走一个儿子
人已经老了。

2000

月光白得很

月亮在深夜照出了一切的骨头。

我呼进了青白的气息。
人间的琐碎皮毛
变成下坠的萤火虫。
城市是一具死去的骨架。

没有哪个生命
配得上这样纯的夜色。
打开窗帘
天地正在眼前交接白银
月光使我忘记我是一个人。

生命的最后一幕
在一片素色里静静地彩排。
月光来到地板上
我的两只脚已经预先白了。

2003 | 03

去上课的路上

月亮在那么细的同时，又那么亮
它是怎么做到的。
一路走一路想
直到教学楼里铃响
八十三个人正等我说话。

可是，开口一下子变得困难
很难找回能说话的我。
也许缺一块惊堂木
举手试了几次，手心空空。
忽然它出现了
细细的带着弯刀的弧度
冰凉的一条。
今晚就从彻骨的凉说起。

2003

从北京一直沉默到广州

总要有一个人保持清醒。
总要有人了解
火车怎么样才肯从北京跑到广州。

这么远的路程
足够穿越五个小国
惊醒五座花园里发呆的总督。
但是中国的火车
像个闷着头钻进玉米地的农民。

这么远的路程
书生骑在驴背上
读破多少卷凄凉的诗书。
火车顶着金黄的铜铁
停一站叹一声。

有人沿着铁路白花花出殡
空荡的荷塘坐收纸钱。
更多的人快乐地追着汽笛进城。

在中国的火车上
我什么也不说
人到了北京西就听见广州的芭蕉
扑扑落叶。
车近广州东
信号灯已经裹着丧衣沉入海底。

我乘坐着另外的滚滚力量
一年一年南北穿越
火车不可能靠火焰推进。

2003 | 04

晚上的海被我看见

南海上升起夜晚的怨气。
哪个可怜的人
情愿领养这样皱纹密布的老母亲。
在蓝天白云以后
还要留下来爱护黑暗。

唱颂歌的人都躲藏得很深。
沙子下面还是沙子
苦下面还是苦。
海面晃动最后一点点月光
她就是深渊
深渊原来也要穿件素雅的衣裳。

我不敢再向前了
苦涩不可能走远。
巨大不安的黑色复仇者
葬身给她的人
一排一排挺身而出
吐出白的牙。

悲剧不肯谢幕。

坏事情从来就是一架永动机。

我该怎么样忘记过去

熬过海边的深夜?

2003

雪后的山西变厚了

我出门
看见世界就这样变了。

雪把好东西降下来
山西像一座没人碰过的银矿。
车身披了上好的羊毛毡
黑汽车一夜间换成了白汽车。
热的馍双双贴在怀里
行路人的神色突然庄重了。

静静的一夜啊
一层雪变成了两层雪。
一张纸币送出去又收回来
无数次精抚细摸
使它黏黏地厚过了三张纸币。

太阳升上来就落下去
天变得很窄
煤层空着腹托起人间。

大地也像一张用久了的钱
再三被人摩挲
显得格外值钱了。

一个敏感如我的人
心里随时生风生刺的人
怎么能长久待在这日落之地?
我的天啊。

2003 | 05 | 深圳

西瓜的悲哀

付了钱以后
这只西瓜像蒙了眼的囚徒跟上我。

上汽车啊
一生没换过外衣的家伙
不长骨头却有太多血的家伙
被无数的手拍到砰砰成熟的家伙。

我在中途改变了方向
总有事情不让我们回家。
生命被迫延长的西瓜
在车厢里难过地左右碰壁。
想死想活一样难
夜灯照亮了收档的刀铺。
西瓜跟上我
只能越走越远
我要用所有的手稳住它
充血的大头。

我无缘无故带着一只瓜赶路
事情无缘无故带着我走。

2003 | 05

喜鹊只沿着河岸飞

那只喜鹊不肯离开水。
河有多长
它的飞行就有多长。

负责报喜的喜鹊
正划开了水
它的影子却只带坏消息。
好和坏相抵
这世上已经没有喜鹊
只剩下鸟了。

黑礼服白内衣的无名鸟
大河仰着看它滑翔。
人间没什么消息
它只能给鱼虾做个信使。

连一只喜鹊都叛变了。
我看见叛徒在飞
还飞得挺美。

2004

在夜航飞机上看见海

什么都变小了
只有海把黑夜的皮衣
越铺越开。

向北飞行
右下方见到天津
左下方见到北京
左右俯瞰两团飞蛾扑着火。

这时候东海突然动了
风带起不能再碎的银片
又密又多的皱纹抽起来。
我看见了海的脸
我看见苍老的海岸
哆哆嗦嗦把人间抱得太紧了。

我见过死去
没见过死了的又这样活过来。

2004 | 02

十一月里的割稻人

从广西到江西
总是遇见躬在地里的割稻人。

一个省又一个省
草木黄了
一个省又一个省
这个国家原来舍得用金子来铺地。

可是有人永远在黄昏
像一些弯着的黑钉子。
谁来欣赏这古老的魔术
割稻人正把一粒金子变成一颗白米。

不要像我坐着车赶路
好像有什么急事
一天跨过三个省份
偶尔感觉到大地上还点缀了几个割稻人。

要喊他站起来

看看那些含金量最低的脸
看看他们流出什么颜色的汗。

2004 | 02

过云南记

老虎退下去，鹰也退下去
杀人的和被杀的都逃到了外省。
天腾出它的左下角
云南就在那下面蒙头睡觉。

这个红色庄园主睡得太舒服了
横侧着的曲线忽然高忽然圆。
绿袍子以下露出红的身体
比红还深，比岩石还深
比种子的要求还深。

只有红，没有火
只有身体，没有主人。
青草们爬上它的头顶心惊肉跳
峡谷的牙齿闪着懒惰的光。

泥土被玉米根簇拥着发胖
红色的云南不做事也不慌张。

现在，左右奔跑着空山回声
我紧提着心经过一条铅红色的舌头。

2004 | 深圳

那个人摔倒了

老太婆穿着她最好的衣服
夹着比两个老太婆还要高的芝麻秆。
全河南最小的脚走上了田埂
那生了她，又嫁了她的村庄越来越近。

她被怀里的芝麻绊倒
忽然摔在自己家挺挺的桐树下。
活过两个世纪的老太婆
在树影的迷乱里鹅一样大笑。
整个村子都忍不住动了。

像游在乡村中的金鱼
老太婆扑腾着刚染过布的两只靛蓝的手。
扑累了，照照很透亮的一汪天。

她的屋里存着最细最韧的棉花
架着最结实的织布机。
满院子晒着暖暖的新玉米
想到这些，她要在门口多睡一会儿。

芝麻都熟了，这季节让人踏实。
乡村原本应该是好的
庄稼白猫桐树和人都该享受好的生活。

2004

提着落花生的

她站着，两手提着刚出土的落花生。
那些果实，还穿着新鲜粉红的内衣
像婴儿，像没开瓣的荷花。

身后，一块田的距离
光光地立着她的五个小孙子。
他们的屁股上不是裤子
是快要僵硬的黄泥。
三块田的距离以外
坐着她已经不能行走的小脚母亲。

没有一个人移动，乡村出奇地安静
不知道他们在等什么。

落花生看到了最初的人间
一个挖掘者，五个小光人
远方还有一个苍老的。
泥土还没完全落干净
花生有点伤心。

她站着，稳稳地像任何大地方的高房子
满园鲜花的房子
管风琴奏乐的房子。
乡村的水塘远远地跳着黑气泡
她的心正向外亮着。

人说，那妇女是个信教的。

2004

深夜的高楼大厦里都有什么

可以没有人，但是不能没有电。
电把梯子送上去
再把光亮送上去
把霓虹灯接到天上。

人们造好高楼大厦
人赶紧接通了电就撤退了。
让它独自一个站在最黑暗的前线
额头毒亮毒亮
像个壮丁，像个傻子
像个自封的当代英雄。
浑身配戴闪闪的奖章，浑身藏着炸药
浑身跑着不断向上的血。

而现在的我抖开烫过的床单
我灭了所有的灯。
高楼大厦们亮得不行
我吃了闭眼睛的药。
这一生能做一个人已经无限无限美好。

2005 | 深圳

飞行的感觉

在天上总是感觉不好。
所有高高在上的人都没有说实话。

要贴住舷窗才能入睡。
要依靠铁，依靠铝，或者依靠钢
会飞的金属们浑身棱角。

就在飞行的下面
多么多么五彩的绸缎。
重叠又重叠
绸缎啊，绸缎绸缎
人间并没有发觉
它自己开着一间最富有的绸布店。

跳下去将柔软无比。
绣满花朵的绸布，柔软的柜台
蓝色里有鱼，绿色里有鸟，灰色里有人。
只有我不在，我在飞。

贴紧舷窗也睡不着的时候

我总在想

我怎么会自己钻进这个飞行的牢房?

2005 | 墨尔本

在冬天的下午遇到死神的使者

那个在银夹克里袖着手的信使。

我们隔着桌子对视
桌上满满地滚着红到了顶的脐橙。
光芒单独跳过来照耀我
门外的旅人蕉像压扁了的尸体
古典武士正受着刑罚。

那是个不能形容的忠诚的人
看样子就叫人信赖。
沉默在沉默后面赶紧说话
好像该草签一张有关未来的时间表。

可是，我现在还不能从我里面钻出去。
跑也不行
挣扎也不行
纵身一跳也不行。
我能做的最惊天动地的事情
就是懒散地坐在这个用不上力气的下午。

时间亏待了我
我也只能冷落他了。

月亮起身，要去敲响它的小锣
我打开了门，我和死神的信使左右拥别
拿黄昏最后一线光送他。

2005 | 海南岛

贴着白色墙壁走掉的人

他贴着他自己走。
他的灵魂紧随着，清楚地出现在稍后的墙上。

他一点都没察觉到分离
一点不看重那件破东西
他让那家伙独自一个。
灵魂遇到苍蝇，苍蝇也逃开
遇到墙上的涂鸦，肮脏的字蹦跳躲闪。

他只顾自己快步走，贴着苍白可怜的墙。
前面是他
后面是脚不落地的灵魂
歪歪扭扭跟得紧
好像很害怕迷失的痛苦
那个孤苦伶仃的弃儿。

如果人走得快一点
可能甩掉他那个心事重重的尾巴。
再快一点

那面墙就和路人无关
只是冬日里一整片的好阳光。

2005 | 海南岛

你找的那人不在

他根本不在。

其他的都在，只是你要的不在。

有东风进来

有小昆虫进来

星光像刚刚磨碎了的面粉。

西红柿成熟了的橙黄色进来。

海马从落地窗最低的缝隙间游进来。

陌生人经过，不知名的烟草香味透进来。

我这儿从来没这么满过。

什么都有，什么都不缺少

温暖友善的东西们四处落座。

我们不在同一个世界

四月是隔绝的屏风

所以，你只有原路退回

你找的人他绝不会在。

2005 | 05 | 深圳

他们说我藏有刀

如果我有刀
刃在哪，锋线在哪
它暗藏在心的杀机在哪儿。

我的窗口挂在树上
四周生满龙眼芒果和枇杷。
这个人已经退却
两手空空，正在变回草木。

如果还有青春年少
我自然铸一对好剑
每天清晨蘸上暗红的棕油
在利器最顶端留住我的咄咄青光。

时光不再让金属近身。
锋刃只解决鸡毛蒜皮的事情。

2007

我在看电影

春天正在北上
好日子越走越小
而我要做个落伍者。

坐在这低沉炎热的孤岛。
前方耷着一座半截落水的铁桥
桥下塞满石头
木棉花瓣扑扑扑扑填进石缝。
大地温温的，太阳温温的
它们都陪我坐下了。

有人骑车，有人赶路，大货车交错。
在天空的宽银幕上，你们全像电影一样。

终于轮到我坐下来欣赏你们的悲剧
我总算把自己摘了出来
我在幕布后面看这世界怎变。

2007

清明的傍晚

这一天要流眼泪，要独自呜咽。
我停下手里的事情
天空忽然满脸的伤心。

枇杷园里的果子七上八下唱起哀歌
手持香烛的人往四处送光。
天的四角同时打开
所有死去的
欢天喜地
穿金戴银的白骨们跳过生者的头顶。

这一天我实在伤心
上西天的台阶早满了
周围全是匍匐前进的家伙。
动作慢了，就做不成一个幸福的人。
皇历说，这一天就叫清明
不是它说，谁知道清明是个什么东西。

2007

徐敬亚的发抖

他的左手探进棋盒
石子们沙啦沙啦全都给他弄响。
终于摸到其中的一颗
长久地举着。
我催他快落子快落子快落子。

他不肯把那片石头放在棋盘上。
好像是什么生死决定。
我说，你为什么举着棋子发抖？
他说，我发抖了吗，我不可能发抖。

悬在半空中惶惶发抖的感觉
他总不会全忘光吧。
那时候的重要，到了这时候丁点儿地不重要
我还是怕见到发抖
远远超过了怕死。
荒谬啊，一片石头一块木板
最荒谬的是我们。

2007

| 我的光偶尔落地 |

致干涸的河道

推单车的人走在水的遗迹上
车把上串着三条鱼。
他走一走就停下来按按鱼的眼睛
检验它们是否活着。

鱼们最后拼力一跳
它们认识这河道，它们幻想着河的怀抱。
活灵灵的身体拍打着泥地
像燃着了引信的手榴弹。
尸体上的尸体
夕阳长长的，给它们贴着送葬的金箔。

推车人用铁丝重新串起三条鱼
继续走在枯肠似的河道里。

2010

致暗淡的上弦月

巡夜人提着那虚弱的灯
泄了气的灯，被削去大半个脸的灯。
他沉重地经过
搅起大地内部的寒气。
喂，提灯的，难道你看不见
我正不快乐?

贴着天际线行走
提一条恍惚如鬼的光影
他难道不怕那弯刀落地伤人?

为什么不拧亮它?
我想所有的晚上都明亮如白天。
突然他说：肃静，我正不快乐。
哦，一切应声复原
各闭各的嘴
各走各的路
各守各的世界。

2011

致不想和富人站在一起的大学生

你太可以拒绝。
太可以孑然独立。
垃圾正塑造着新的陡坡
你靠住一棵顶破了天的木麻黄树。
远处的河面跑着泡沫
太阳浑身是劲地灼烧烘烤
只款待你一个。

固执又孤单，仰着脸流汗，两手空空
世界冷眼旁观
树下多落叶，月光起碎银。
这个夏天无敌地正常
你将永远得不到你想要的
你将只和你这个额外的自己站在一起。

2011

致力量

今夜我走得多快
在这光洁如印堂的水泥外壳上。
好像给大地演示一个人的力量
好像要把劲儿一下子耗完。

今儿晚上走的是一条新路
没人同行
没什么方向
奔跑和原地踏步没什么区别。
倒退的凤凰树像发神经的仙女
满头耷下红花。
天上一连钻过三架飞机
银箭前后追逐
小可怜虫们，权当是我的随手奉送。

我正远离你们的世界
我愿意为这断然的走掉用尽力气。

2011

我的光偶尔落地

今晚的月亮亮得惊人
抢掠的亮，刀子出鞘的亮。
经过下陷的沙滩，我啊，灰暗又干瘪
饱满早已升空
灵气脱逃，站上天空的额头。

行进在高处的意志
重又返回来覆盖此刻的人间。
久不用的蓝火柴被擦亮
海岸线偶尔闪烁
托着太平洋的疆界偶尔闪烁
我偶尔闪烁。
短暂得很

2012

致十二月没头没脑的风雨

玻璃在抹眼泪
天空黑着脸
风雨掀窗掀门
它们究竟想干什么。

世界在我以外吐水泡
很多响声乱纷纷地诵念遗嘱。
我提醒贴紧玻璃窗的我
好戏正在眼前转场。

石英已经开花，下一个轮到玻璃
麻玻璃也快绽放了。
十二月小姐正喊我一起拉幕布。

2012

月光（组诗选章）

鱼叫

一群大嗓门的鱼
叫得好凄厉。
快过闪电里的流萤
海面耸起多棱角的水线。

月亮提他的鱼钩上来
金属抖着翅闪烁
夜行人走得不能再快了。
天上就要落铁钩
剥落的鳞片斜插在西风里。
现在，我呢，这阵要命的呼号把我夹在了哪儿?

打量

月光过来看见床上的翻来覆去
人的姿势常把它逗笑。

已经见过不少了
就这么平平地断气
僵了或者还柔软，身下一条薄木板。

现在说到我了
我正走进冰凉的院子
冰凉地站着。
知道小蚯蚓们正在用劲
孱细的一根红
土地微微有松动。
今晚的光足够清亮
连失眠人的神态都会模仿了
这月亮。

很多的晚上，我们经常这样互相打量。

流眼泪

闷不透风的橡胶林。
小刀固定在手上
白胶整夜地流过树

盛胶的铁罐亮澄澄就快满了。

月亮上来
今天的它好细脆
脆得下一刻就要断掉。
割胶工赶在夜里钻进橡胶林
每人一把闪闪的刀
成片的树影子流着最稠的白眼泪
看那锋刃。

淡红

农民把皖南点燃了
粮食的秸秆噼噼啪啪生出烟。
今天的落日有变质的红
带脓的，伤口刚揭开的红。
后来天色转暗
钢刀冲淡了血迹
就在太阳落下去的地方
慌张的月亮出场。

模样不错的弯刀
土的腥味上盖着血的腥味。
这会儿不该说那些太悲的事儿
容我在露天摆开白碟子
可是长桌布上多了块很淡的红
是什么时候滴下来的?

乡下的黑

月亮不在，一点光也没有
只知道冷哦，只有冷能证明我还在着。

寒气在走
晚上就要被冻坏了
死在河面的水一动不动。
河底的圆石头向着想象的远处滚
这种石头叫黟县青。
它的表面除了冷什么也没有
我们都在这青的下面
再往下能有什么，什么也没有。

忽然天上开了缝隙
传说的广寒宫
照见了放脚的石阶
在这微亮又含着空声的寒夜。

天在暗下来

寒气从低处来，赶紧加衣服。
泥墙外有农民赶小猪
天就是这时候黑的。

扣子还有闪亮
山谷间刺出一股狭长的光线
小猪的眼睛格外有神
好像从来都是这样。

棉袄哦依旧松软暖和。
云彩和月亮正在老屋顶上争位置
你死我活的。

半片肉

好苍白，飘浮在无比黑的天上
是流光了血的白。

哪个挥刀，削去了哪个的身体。
无处可依的那半片肉
在斜前方可怜地挂着。
盛着所有我们的这潭黑水
绝不给它加入
明晃晃只出卖它一个。
管它求生还是求死
我们好像都安全
都是靠住了好主人的哦。

忽然有声音贴近说
喂，你不觉得你躲在这儿好苍白?

长脖子的玻璃瓶

月亮的光抵近了。
那刀一点一点切进来
玻璃的动脉在跳。
倔强的长脖子
嘴上有瓶塞
呼吸被压到了最低。

时间在杀人。
挺直了的长脖子
有点骄傲的长脖子
这是他选中的死法
他终于感觉自己的脸上有光了。

在长春

我爸爸的月亮
还是那么扁。

越走越高
高过任何能看到的天体。

他一个人的蜡烛头
软耷在风里。
我们的专属
钝的，一点不亮
立着而不晃眼，吝惜它的光
这样就对了。

拉门的缝隙做着很长的梦
我一直在那儿捏碎下一颗夜明珠。
满城的人都睡了
白袜子松脱的爸爸
为着某件事儿
还在一个人赶路。

他走过的地上好白呀。

我拿着药片

除了药片，还拿了水杯
我到院子里去。

每到夜里都要费劲去睡
所以手里有药片。
可是究竟有什么舍不得
灰灰的清凉
怕这样的晚上以后不多了。

天上过飞机
飞着的两侧有灯亮。
我收了药片
左右这对翅膀
也该在渐渐变凉的世界里用一用了。

2014 | 2015

| 跋 |

在写作的即刻

写字带给写作者的最大享受在哪里？在写作的哪一阶段？每个人的情况可能都不同。

有些人的最大满足，是在写作的即刻，也有人在收印成一本书以后，有的更渴望被传诵评价和夸赞，还有的准备流传千古。我最接近前者。

相信和我一样的人不少，所以，写诗的人特别喜欢修改，他总会不满意，总有新想法冒出来，总是轻易就否定过去的而热衷最新的想法。

我看自己过去的诗就是这感觉。

这是一本跨度很大的诗集，不厚，却前后超过30年。

上世纪80年代90年代的一些诗，也包括本世纪头十年的，有些就保留原貌吧，它总不是别人写的，它够忠实地记录了超过30年来我从语言到思维的各种各样的变化，或者也是慢悠悠地记录一个人的一种方式。

其他的无话可说了。

王小妮

2015 | 12 | 14 | 深圳

呈现一种可能的真相

——“中国桂冠诗丛”第一辑出版后记

1 |

2015年下半年，我在磨铁图书公司里设立了一个诗歌编辑室“铁葫芦诗歌”。“铁葫芦”是磨铁公司的一个文化类图书品牌，它的初创者是王小山先生和王来雨先生。早在“铁葫芦”这个图书品牌创建之初，我就一直想同时再做一个诗歌类图书的出版品牌。我自己是一个诗人，也是一个出版人，做了10多年的出版，一直没有为诗歌出版做更多的事情，说不过去。这几乎是我的一块心病，也是一个夙愿。直到2015年下半年，各方面条件成熟，也有了完整的诗歌出版计划，

"铁葫芦诗歌"终于启动了。年轻的诗人里所（李淑敏）担负起诗歌编辑的重任。

"铁葫芦诗歌"的第一个出版项目，就是推出"中国桂冠诗丛"第一辑——5位当代优秀诗人的精选精装诗集。这5位诗人分别是：严力、王小妮、王小龙、欧阳昱、姚风。他们都出生于上个世纪50年代。我和里所一起，从他们创作至今的大量诗歌中精选出既能代表诗人迄今最高写作水准，也能大致体现诗人创作全貌的约70首诗歌作品，做成硬皮精装书。

"中国桂冠诗丛"会一辑一辑地陆续推出更多优秀诗人的作品，也都将沿用这种70首诗左右的精选精装模式，带有某种典藏的性质。第一辑的这5位诗人，是按照"出生于50年代"这个时间概念来选择的，除了这种按照出生年代来归纳成辑的方式，以后可能还会根据美学观念、流派、群体等方式归纳成辑。我希望"中国桂冠诗丛"能够一直出版下去，为一代代优秀的汉语诗人做见证和展示。

而能否被我们选得出70首左右的优秀诗歌，将是诗人们入选"中国桂冠诗丛"的最重要前提。这其实是一个非常苛刻的前提，要求入选的诗人写作时间足够长，创作量足够大，创作出的好诗足够多。既然我们敢把这个诗丛命名为“中国桂冠诗丛”，就会选择对得起“桂冠”二字的诗人。我们有足够的耐心，在时间中等待越来越多的诗人。

2 |

将这套诗丛命名为“中国桂冠诗丛”，当然还包含着某种重塑当代诗歌史的野心。所有当代史一定都仅仅意味着浮云遮眼，而所有试图厘清当代史的努力，也都无法在当代呈现出其真实的意义和成就，但这并不妨碍我们按照自己的审美尺度去为之努力。

我想为之做的努力就是，尽我自己所能，穷尽我自己的视野，通过诗歌出版的方式，去呈现一种可能的真相。既然是想呈现真相，那就意味着，至少在我的审美尺度里，当代中国诗歌在它的表面所呈现出来的那些秩序是一种艺术的假象，是遮眼的浮云。我看到了我们时代的那些杰出的灵魂，他们诗歌中有诚实、真挚、朴素的内心，有尖锐、先锋的艺术立场，有自由而现代的艺术精神。他们潜伏在时间的迷雾中，忠实于自己的心灵、精神和艺术立场。他们在假象的迷雾之外，在真相的石头之中，在时间的淘洗之中。我想通过出版的方式，向有心的或有缘的读者展示他们的诗歌，呈现一种我自己想象中的，可能的真相。

3 |

“中国桂冠诗丛”第一辑推出的这5位诗人，在他们各自的艺术立场和美学方向所取得的重要成就，还远远没有被我们的时代所理解。

出生于1954年的严力先生是上个世纪70年代末到80年代前期“朦胧诗”群体中的重要成员。直到今天，严力始终在写作着最具生命力和创新意识的诗歌，他是诗人中终身写作的楷模。通常的文学史往往会用某一个文学流派或文学史事件遮蔽其中具体的诗人，从这个意义上来讲，我甚至认为，严力的写作意义和美学成就被文学史意义上的所谓“朦胧诗”遮蔽甚深。是诗人严力，而不是“朦胧诗”群体中的严力，为中国当代汉语诗歌贡献了独特的美学价值。他是始终追求创新的诗人，是语不惊人死不休的诗人；他是当代诗人中最早觉醒口语意识，将口语和意象融为一体的诗人；他是具备独特语言世界观的诗人，是中国最彻底地实现语言智性的诗人，是中国诗歌的现代派运动中，在智性一极做得最好的诗人。新世纪以来，严力更是将其越发炉火纯青的语言智性与人生感、时代感、命运感相连接，其诗歌既有智性之巧思奇崛，又有更深刻的人文背景和灵魂纵深。

出生于1955年的王小妮，30多年的写作，一以贯之，诗心朴素而强硬，情感丰沛而锋利。她是女诗人中罕见的硬碰硬的心灵书写者，不取巧于技术，不卖弄于女性性别意识和性别风情，不迎合于美学的风潮，她从一开始便忠实于朴素的心灵，并用最强硬的开掘式的写作姿态往内心最纵深微妙处写，诗笔如铁犁，诗心如水晶。在她最好的诗歌中，往往既有女性的柔软和敏感，又有重金属在火中锻打般的铿锵。她不是任何一种诗歌美学的弄潮儿，但在所有弄潮儿的时代，她都留下了令人无法忽视的诗篇。

与严力一样出生于1954年的王小龙先生，既是上个世纪80年代第三代诗歌运动的先驱，更被认为是汉语诗歌口语化的源头诗人。王小龙是当代最早完全使用口语构成诗歌，并且写出了经典诗篇的诗人。在口语诗的发展已蔚为大观的今天，回头再读王小龙当年如《出租车总在绝望时开来》等诗歌名篇，依然熠熠生辉。王小龙早在80年代初期，就建立了一套成熟的口语诗歌写作的内在逻辑，对具体感、现场感的追求，对叙述功能的放大，对反讽和戏谑的娴熟运用，对语感和口气的强调，在王小龙诗歌中都清晰可见。而所有这些美学建树，在后来从第三代诗歌中的口语一脉直到今天的口语诗人身上，成为被反复强调的口语诗歌的基本美学特点。王小龙与中国当代口语诗歌的发展，到底有多么深刻的关系，其早期的诗歌写作，到底在多大程度上影响了后来的中国诗歌，至今仍远远没被清晰指陈。

出生于1955年的欧阳昱和1958年的姚风，一个常年生活在澳大利亚，一个长期在澳门工作，多少有些疏离于中国内地的诗歌场域。这在一方面使他们独立前行，形成了他们独特的诗歌美学；另一方面，也令他们真正的写作成就和美学贡献远未被内地诗界重视。很多人往往更看重欧阳昱和姚风作为翻译家的成就，这是严重的本末倒置。他们当然分别是非凡的英语翻译家和葡萄牙语翻译家，但首先是足够杰出的诗人，因此才能成为优秀的诗歌翻译家。居于海外的创作环境和翻译家的身份，遮蔽了欧阳昱和姚风作为当代重要诗人的存在。从另一个角度我们也可以说，欧阳昱和姚风，是当代汉语诗歌的“秘密武器”。

欧阳昱是当代汉语诗歌中，先锋意识和探索精神最强的诗人之一。这个时代能当得起“先锋”二字者，本就已属珍稀动物，而欧阳昱，我以为是先锋中的出类拔萃者。他是从里到外的那种“先锋”，从精神到语言。在美学上，他是盗火的普罗米修斯！在保守而传统的中国当代诗歌中，欧阳昱这种先锋、大胆、不管不顾的写作态度的价值，尤其重要。在欧阳昱泥沙俱下的大量诗歌中，始终葆有着愤怒、抗争和如同野草般疯长的生命意志。这同样也是当代中国诗歌中的稀缺血质。

姚风的写作与欧阳昱刚好相反。欧阳昱尽情使用着粗鲁的、野蛮的，甚至破碎如玻璃碴的口语，其诗歌能将人戳得鲜血直流；而姚风则使用着典雅、纯正、节制的口语，他更像一个贵族，怀揣赤子之心，驾驶着精确的语言之舟，驶向文明之海。他是汉语诗歌中不多见的，在“文明”这一人类主题上发力甚深，写出过杰出的文明诗篇的诗人。他擅写世界之诗、文明之诗，对文明的亲近与渴望，对反文明的质疑与抗拒，是其诗歌中重要的主题。更重要的是，他以一个当代中国诗人的内心去亲近世界的文明，内心常怀深刻的疼痛与悲伤。从某种意义上来讲，姚风是当代汉语诗人中很少有的，能够被称为“文明之子”的那一种诗人。

4 |

严力、王小妮、王小龙、欧阳昱、姚风，是“中国桂冠诗丛”第一辑的5位诗人。至少在我看来，他们就是我们时代的桂冠诗人。而我们进行这样一种诗集的出版工作，也正是为了呈现这样一种可能的真相。

沈浩波

2016 | 02 | 29

图书在版编目（CIP）数据

扑朔如雪的翅膀 / 王小妮著. —杭州：浙江文艺出版社，2016.4

ISBN 978-7-5339-4483-4

Ⅰ. ①扑… Ⅱ. ①王… Ⅲ. ①诗集 – 中国 – 当代 Ⅳ. ①I227

中国版本图书馆CIP数据核字（2016）第057939号

责任编辑 闻 艺
策划统筹 李淑敏
特约编辑 孙秋臣 武靖雅
封面画作 里 所
封面设计 周伟伟

扑朔如雪的翅膀
王小妮 著

出版发行 浙江文艺出版社
地 址 杭州市体育场路347号 邮编 310006
网 址 www.zjwycbs.cn
经 销 浙江省新华书店集团有限公司
印 刷 北京盛通印刷股份有限公司
开 本 880毫米×1230毫米 1/32
字 数 78千字
印 张 5.25
插 页 2
版 次 2016年4月第1版 2016年4月第1次印刷
书 号 ISBN 978-7-5339-4483-4
定 价 39.80元

中国桂冠诗丛 | 第一辑

《扑朔如雪的翅膀》 王小妮 著

王小妮，1955 年生于长春市。曾就读吉林大学中文系 77 级，做过电影文学编辑和大学老师，移居深圳 31 年。出版有诗歌、随笔、小说多部。

《悲哀也该成人了》 严力 著

严力，诗人、艺术家。1954 年生于北京。1970 年代开始诗歌和绘画创作。是 1979 年先锋艺术团体“星星画会”和文学团体“今天”的成员。1984 年举办了国内最早的先锋艺术个人画展。1985 年留学纽约并于 1987 年在纽约创编“一行”诗刊（1987–1995）。目前居上海、北京和纽约。

《每一首都是情歌》 王小龙 著

王小龙，1954 年 8 月生，海南琼海人。纪录片工作者。1968 年开始诗歌写作。出版过自选诗集《男人也要生一次孩子》、《每个年代都有它的表情》和《我的老吉普》。个人纪录片作品有《一个叫做家的地方》、《莎士比亚长什么样》等。现居于上海。

《永居异乡》 欧阳昱 著

欧阳昱，诗人、翻译家、作家，墨尔本 La Trobe 大学澳洲文学博士。现为上海对外经贸大学“思源”学者兼讲座教授。已出版中英文著译 80 种。获得包括悉尼快书诗歌奖、澳中理事会翻译奖在内的多种文学奖项。2011 年被被纽约《明镜》月刊评选为十大最有影响力的海外华人作家。

《大海上的柠檬》 姚风 著

姚风，原名姚京明，诗人，翻译家。生于北京，后移居澳门，曾任澳门文化局副局长，现任教于澳门大学。著有中葡文诗集及译著二十多部。获“柔刚诗歌奖”、“两岸桂冠诗人”称号以及葡萄牙总统颁授的“圣地亚哥宝剑勋章”。也是“澳门文学节”和“中葡诗人对话”等活动的策划者。